J Sp Mor
Morgenstern, Susie Hoch.
Las princesas también van a la
escuela /

34028053059557
CYF $3.70 ocm50705242

Coordinador de la colección: Daniel Goldin
Diseño: Joaquín Sierra Escalante
Dirección artística: Mauricio Gómez Morin
Comentarios y sugerencias:
alaorilla@fce.com.mx

A la orilla del viento...

Primera edición en francés: 1991
Primera edición en español: 2001
Primera reimpresión: 2002

Título original: *Même les princesses doivent aller à l'école*
© 1991, l'école des loisirs, París
ISBN 2211-04870 6

D.R. © 2001, Fondo de Cultura Económica
Av. Picacho Ajusco 227; México, 14200, D.F.
www.fce.com.mx

Se prohíbe la reproducción parcial o total de esta obra
—por cualquier medio— sin la anuencia por escrito
del titular de los derechos correspondientes.

ISBN 968-16-6279-2

Impreso en México

*Para mi Sandra, una princesa que también
tiene que ir a la escuela*

Las princesas también van a la escuela

Susie Morgenstern

ilustraciones de Martha Avilés
traducción de Joëlle Rorive

FONDO DE CULTURA ECONÓMICA

Había una vez.

◆ LOS NEGOCIOS no iban bien para el rey Jorge CXIV. De hecho, todos los demás reyes ya se habían declarado en bancarrota, y Jorge no era más que un rey venido a menos, rodeado de un pueblo para el que reyes, reinas, príncipes y princesas sólo pertenecían a los cuentos de hadas.

El castillo estaba en ruinas. En días de lluvia, en el inmenso comedor, él y su familia comían sus escasos alimentos con la mano izquierda, porque con la derecha debían sostener un viejo paraguas lleno de agujeros. Pero no era tan grave.

Se pueden comer macarrones muy bien con una sola mano. No había dinero para arreglar el techo, ni para pintar los muros ennegrecidos por el paso de los siglos, ni para calentar la gigantesca vivienda en el invierno, y a menudo tenían la dolorosa impresión de vivir dentro de un congelador de lujo.

En el castillo ya no había trabajadores: ni sirvientes, ni cocineros, ni nanas, ni jardineros. Los últimos en ser despedidos fueron los tutores de la princesa que venían todos los días a darle clases de latín, griego, inglés, alemán, ruso e italiano. Con lágrimas en los ojos ella les dijo uno a uno: *¡vale!*, *εοτοψει*, *good bye*, *auf wierdersehen*, y *ciao*.

La vida de la princesa Alystera no era muy divertida. Su padre caminaba de aquí para allá todo el día, haciendo un total de diez mil pasos por hora. Ochenta veces por día, fruncía las cejas, arrugaba la frente, se aclaraba la garganta real y decía a su hija única:

—¡No olvides que eres una princesa!

Su madre, la reina Fortuna, no era tan activa como el padre. Pasaba casi todo el tiempo metida en la cama, bajo el enorme edredón remendado. Cuando se daba vuelta, los resortes herrumbrosos del colchón rechinaban, y el menor suspiro hacía volar las plumas de oca como confeti. Cada vez que Alystera entraba a verla, ella gimoteaba:

—¡Sobre todo no olvides que eres una princesa!

La princesa no olvidaba ese detalle. Incluso tenía la impresión de que eso mismo era la causa de su soledad. Su padre ponía cara de mortificación cuando ella le respondía:

—Sí, soy una princesa, ¿y qué?, ¿de qué me sirve?

Y el rey continuaba con sus idas y venidas a través del palacio.

Desde la partida de sus maestros, ella no tenía nada que hacer, excepto tratar de evitar a su padre el rey y a su madre la reina, o procurar que no se le helaran los dedos de los pies. La princesa no conocía la palabra "amigo" en ningún idioma: nunca había tenido uno. "Deporte", "juego" y "risa" también eran vocablos desconocidos para ella; y aunque había un televisior en palacio, hacía mucho que estaba descompuesto, quizá desde antes de que naciera la princesa.

Así que no le quedaba más que inventar pasatiempos solitarios: se contaba cuentos sórdidos y espantosos, se imaginaba en otro planeta, soñaba con ser una princesa en un reino de verdad, en un castillo remodelado, con un príncipe sonriente, lejos de sus desdichados padres. Con un cordón deshilachado canturreaba rondas siniestras. Con un pedazo de carbón dibujaba un avioncito. Con una baraja antigua ganaba las partidas y se auguraba un porvenir más alegre que el presente.

Los únicos visitantes eran acreedores, hasta que un buen día llegó una pareja en un Rolls Royce, revisaron el castillo y lo compraron.

Alystera se sentía en las nubes. Estaba harta de cada una de las cincuenta y siete habitaciones del cavernoso castillo medieval. Cuando llegó a su nuevo palacio, se sintió transportada al séptimo cielo. Era un apartamento de tres piezas, cocina y baño en un edificio moderno de verdad. Torrentes de agua, caliente o fría, salían de las llaves. Tiraba de la cadena del excusado sólo por el placer de escuchar esa nueva música. Además, había calefacción central.

Pero, más que por el perfecto estado de las tuberías del agua, estaba feliz por los gritos y el bullicio de la gente, que se oían a través de las delgadas paredes. Alystera podía seguir prácticamente todo un programa en el televisor de sus vecinos. Escuchaba las peleas de la pareja de abajo y los bailes frenéticos de los jóvenes de arriba. Y cuando el rey Jorge practicaba sus diez mil pasos, la pareja peleonera golpeaba el techo como en un gesto amistoso. Era genial.

Desde su balcón ella veía miles de señales de vida: calzones y calcetines de otros pequeños seres colgados de tendederos, coches que zumbaban y, en los edificios cercanos, otros hombres y mujeres sentados frente a sus tazas de café con leche. Lo menos agradable de su nueva vivienda era que se cruzaba mil veces al día con sus padres, el rey Jorge CXIV y la reina Fortuna, que nunca perdían la oportunidad de decirle, no se sabe por qué:

—¡No olvides que eres una princesa!

Entre el espectáculo de la calle y los rumores del edificio, Alystera ya no se aburría. La presencia de sus semejantes estaba ahí como promesa de un encuentro. Aunque cada mañana la torre se quedaba vacía al amanecer, con la excepción del trío real, y las jornadas eran menos animadas.

Ella lamentaba, sobre todo, la partida de los inquilinos más pequeños, y se preguntaba a dónde podrían ir esos niños tan abrigados con sus chamarras, cargando en sus espaldas unos bultos rectangulares. Salían todos los días, a la misma hora, hacia un destino misterioso, al que la princesa Alystera también quería ir.

Sus padres le permitían salir a comprar un litro de leche, una lata de sardinas o un pan, siempre repitiéndole: "No olvides que eres una princesa". En una de esas salidas la princesa aprovechó para seguir a un grupo de niños en su alegre trayecto hasta una edificación deteriorada, cercada por una reja de hierro forjado. Alystera hubiera dado su corona de oro por entrar con ellos al patio donde brincaban, corrían, gritaban, y luego, como por arte de magia, se calmaban. Entonces se formaban y seguían a una señora o a un señor al interior del edificio. Desde la reja, la princesa los vio desaparecer y sintió envidia. Iban a divertirse juntos en la casa grande de cemento, mientras que ella no tenía nada que hacer sino recordar que era una princesa.

SAINT-JUST

Todos los días Alystera los seguía.

Su envidia crecía. ¿Es que por ser princesa debía sufrir así? Los espiaba sin darse cuenta de que eran diferentes a ella. Nadie más llevaba un vestido largo y amplio que flotaba con una capa adornada de volantes de muselina. Nadie más usaba una crinolina que esponjaba su falda como un globo. Nadie más tenía mangas de encaje, decoradas con listones. No, ella no sabía que para estos seres vestidos con mezclilla y pana, sus tules, sus bordados y sus zapatos de seda pertenecían a un libro de historia del siglo dieciocho o a un museo de modas o a un baile de disfraces, pues para Alystera eso resultaba entera, completa y totalmente normal, porque era, después de todo, una princesa.

Mientras daban volteretas y se ponían zancadillas, la princesa detrás de la reja soñaba en reunirse con ellos. Un lunes, una niña la descubrió. Al principio no podía creer lo que veían sus ojos y corrió hacia la reja para asegurarse de que no era un espejismo.

—¿Qué haces ahí? —le preguntó.

—Los miro.

—¿Cuántos años tienes?

—Ocho.

—¿Por qué no estás en la escuela?

—Creo que porque soy una princesa.

—Ya se ve —dijo la niña, agitada—, pero, a mi manera de ver, las princesas también van a la escuela.

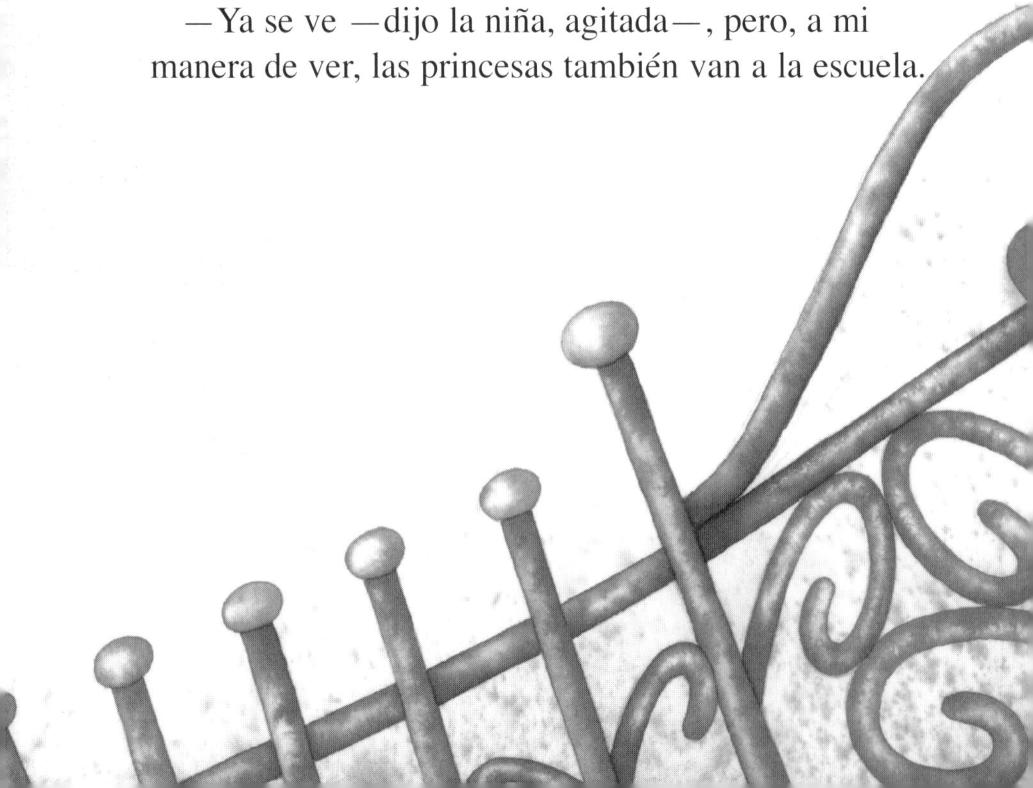

Ante tan extraordinaria novedad, una inmensa sonrisa de esperanza se dibujó en el rostro de Alystera:

—¿Qué debo hacer para ir a la escuela?

—¡Sólo tienes que venir! ¡Ven!

Sin embargo, el portón estaba cerrado con llave y no había manera de saltar la reja con su vestido largo y su túnica. Esta desilusión hizo que le brotaran lágrimas perladas que empezaron a derramarse suavemente.

—No llores, tonta. Puedes regresar mañana a las ocho.

Alystera se fue, feliz. "Tonta": ¡qué bonita palabra! Nunca la había escuchado. "Soy dos cosas: una princesa y una tonta." Estaba encantada de no ser solamente una princesa.

El día siguiente, martes, se levantó tarde, al modo de las princesas. Cuando llegó al portón, ya estaba cerrado. La niña le dijo:

—¡Eres una boba! Bien te dije que a las ocho.

La princesa se alejó, decepcionada. "Soy una princesa, es cierto, pero también soy una tonta y una boba. Regresaré mañana".

ESCUELA
SAINT-JUST
TONTA

Brincó de su cama al amanecer para no arriesgar ni un segundo de retraso. Se escapó del apartamento antes del estruendoso despertar del rey y la reina. Pero, esta vez, frente al portón no estaba nadie: no había niños ni adultos. El patio era como un campo de batalla sin soldados y sin guerra. El edificio, una escena de teatro sin actores y sin obra. Alystera se sentía abandonada. No entendía nada, hasta que alguien que pasaba por ahí le dijo:

—Este miércoles la escuela está cerrada.

Regresó a casa con panecillos calientes para sus padres reales y pasó el día soñando con el de mañana. Era absolutamente necesario que llegara a penetrar ese edificio de delicias.

Una vez más acudió al lugar muy temprano, antes que nadie. Cuando llegaron los niños, se deslizó al patio con ellos, intentando no hacerse notar, lo cual no es fácil cuando se lleva una túnica de terciopelo rojo granadina. Curiosamente, nadie le dijo nada y se pudo formar con todo y su enorme capa, cada vez con más esperanzas de poder entrar al fin.

Bajaba los ojos como si no ver a los demás la hiciera invisible, y sintiendo latir su corazón, seguía los pasos del que estaba adelante.

En el umbral de la puerta, una señora la detuvo:

—Y tú, ¿qué haces aquí? ¡Tú no estás en mi salón!

—Yo quiero entrar también, señora, por favor.

—¿Vives en el vecindario?

—Sí, acabamos de mudarnos aquí.

—Tus padres tienen que venir a inscribirte con todos los papeles.

Alystera se fue desanimada pero decidida a llevar de la mano a Su Majestad, su padre, a ver a aquella señora. No resultaría fácil sacarlo de su encierro en la torre. El rey Jorge había perdido el gusto de vivir. Se quedaba encerrado todo el día pensando en los buenos viejos tiempos, cuando reyes y reinas, príncipes y princesas gobernaban sobre pueblos dóciles y afectuosos.

Ella interrumpió sus reflexiones al decir:

—Papá, debe inscribirme esta tarde.

—¿A dónde quieres ir, mi adorada princesa?

—Allí donde los niños van todos los días.

—¿A dónde?

—Creo que se llama escuela. Todos van con un gran bulto sobre la espalda. Juegan y entonces entran en un palacio donde pasan el día divirtiéndose.

—¿Te refieres a la escuela de la esquina? ¿A la escuela de la república? ¡No es para ti! ¡No es para una princesa!

—Por favor, papá. Se ven tan felices. Me dan envidia. Tengo tantas ganas de ir.

—Se acabó. Ni una palabra más

La princesa trató por todos los medios de convencer a su padre, pero sin éxito. Se vio obligada a utilizar el último recurso, una crisis de nervios con gritos y lágrimas, seguidos por sollozos y una pataleta.

Si alguien había que todavía ataba al rey a la vida, era su hija, y como todos los buenos padres, la quería complacer, aun si eso iba en contra de sus principios. Enseguida se quitó las zapatillas reales y la bata, se vistió con cuidado y salió majestuosamente rumbo a la escuela. Cuando vio el nombre de la escuela en el edificio, *Escuela Saint-Just*, dio media vuelta.

—Pero, venga, papá, ¿qué le pasa?

—¡No, no es posible! ¡No es un lugar para una princesa!

—¿Tiene todos los papeles?

—Sí.

—Venga.

Lo jalaba de la mano como si fuera la correa de un perro desobediente.

El rey Jorge CXIV palideció, se aclaró la garganta real y declaró con arrogancia a la señora directora:

—Vengo a inscribir a mi hija, la princesa Alystera.

—Muy bien, señor. —Tomó los papeles, anotó los nombres y las cifras, y dijo con seriedad—: Creo que la niña debería vestirse de manera más cómoda.

El rey se aclaró la garganta dos veces y proclamó con absoluta autoridad:

—Éste es un país libre, así me parece.

—¡Absolutamente! —respondió con sequedad la directora.

Alystera se vistió como de costumbre. No es que le apeteciera tanto, pero no tenía otra cosa en su armario más que sedas y tafetán.

Antes de irse, su padre y su madre le dijeron en coro, como si fuera el fin del mundo:

—No olvides que eres una princesa.

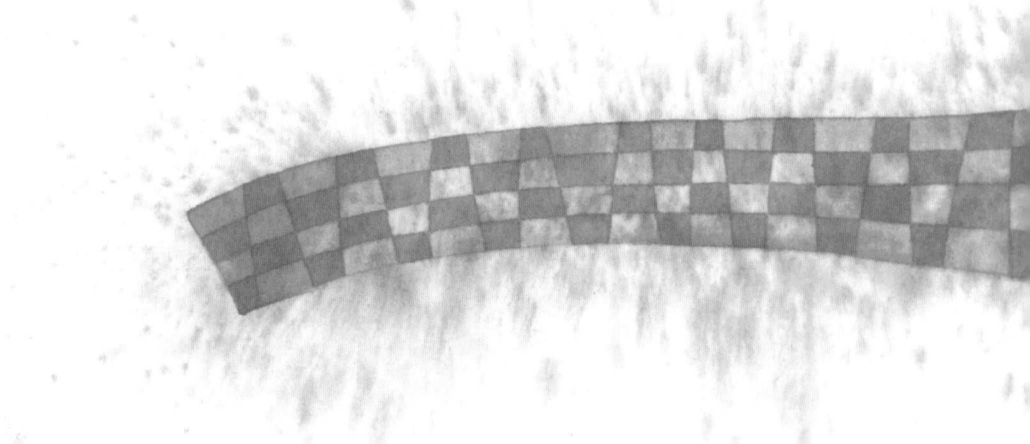

AV. LA GLORIA
51

La niña que tan amablemente le había informado que era tonta y boba la invitó a jugar.

—¿Cómo te llamas?

—Alystera, ¿y tú?

—Laura. ¿Jugamos unas carreras?

Laura se echó a correr. Alystera intentó seguirla pero tropezó con la cola de su vestido y se le rompió un poco. La sorprendió un niño que le alzó la falda y se escondió bajo su crinolina real. No quería ser grosera, sin embargo no le hacía ninguna gracia tener a un niño debajo de la falda. Laura fue quien lo sacó.

Mientras se quedara sentada y se aplicara en cada trabajo que indicaba la maestra, todo iba bien. Después de todo, sabía seis idiomas y lo demás no era tan difícil. Pero al ponerse de pie, con todos los metros de tela rozando a los que estaban a su alrededor, de repente recordaba que era una princesa y no sabía muy bien qué hacer al respecto.

Al cabo de unas semanas, después de una jornada de escuela, de sopetón Laura le preguntó:

—¿Por qué te disfrazas?

—No estoy disfrazada. Soy una princesa.

El papá de Laura siempre la esperaba en un coche en forma de huevo. Tocaba la bocina y gritaba, saludando a su hija:

—¿Cómo está mi princesa?

Fue un choque para Alystera.

—¿A poco tú también eres una princesa?

—¡Eres tonta de verdad! ¡Claro que lo soy! Todas las niñas son princesas... a los ojos de sus papás.

Para Alystera esa noticia fue un alivio. Ya no se sentía tan sola en su condición de princesa.

—Entonces —preguntó—, cuando sales para la escuela, ¿también te dice tu papá "No olvides que eres una princesa"?

—No, me dice "Adiós, mi princesa".

Su regreso a casa siempre causaba un drama. Sus bordados majestuosos estaban rotos; los zapatos de seda, llenos de lodo; la túnica, salpicada.

Su madre le decía todos los días:

—No volverás a ese lugar. No es para una princesa.

—Claro que sí lo es —insistía Alystera—, hay muchas princesas en mi salón.

—¡No respetan nada! —proseguía su madre sin hacerle caso.

—Al contrario, madre. Levántese por favor. Me tiene que comprar unos tenis. No puedo correr con estos malditos zapatos de seda.

Ante la impaciencia de su hija, la reina Fortuna dejó su cama real e hizo el viaje hasta el centro comercial más cercano para encontrar un par de zapatos tenis.

—Afortunadamente no se ven bajo tu falda larga —suspiró.

Alystera se quitó la crinolina y pudo correr mucho mejor con los tenis, pero la falda le impedía mejorar su récord. Pidió prestadas las tijeras a la maestra y cortó todos los volantes de la falda, lo cual le quitó casi de golpe su aparencia de princesa. No era muy práctico ser princesa en la escuela. Ella habría preferido ser la princesa de su papá, como Laura.

Poco a poco, su madre aceptó comprarle pantalones de mezclilla, suéteres, calcetines y todos los accesorios de las no princesas. A la reina Fortuna le empezó a gustar darse vueltas por los centros comerciales e incluso convenció a su marido real de ir a pasear con ella. Vio tantas cosas bonitas para comprar que le dieron ganas de trabajar.

Todos se hubieran olvidado de que Alystera era una princesa, a no ser por la minúscula corona que le habían regalado al nacer y permanecía en lo alto de su cabeza, como si la tuviera pegada. Sólo se la quitaba para lavarse la cabeza y peinarse. Algunos niños se divertían lanzándola por el aire, como si fuera una pelota de futbol. Algunas niñas se la probaban, una tras otra. Pero la mayor parte del tiempo no pensaba en ella. Era como su pelo, su piel o sus orejas. Y entonces, para sus compañeros, hasta la corona se hizo invisible.

Caris
EKOS
JEANS
PICO

Tenía muchos amigos que iban a su casa después de la escuela. Su madre ya no se quedaba en la cama todo el día, pues estaba demasiado ocupada preparando meriendas reales. Su padre se hizo miembro activo de la asociación de padres de familia de la *Escuela Saint-Just,* e incluso logró mejoras para el comedor y la fachada del edificio. Encontró un buen trabajo de administrador. Y compró un televisisor.

Y, si alguna vez volvía a decir: "No olvides que eres una princesa", le daba pena recordar que era rey. Se acostaba en el sofá de la sala-comedor y se dormía viendo el noticiero, y soltaba reales ronquidos.

Alystera no se separaba de su corona que a veces, cuando se rascaba la cabeza, le recordaba sobre todo que era un ser humano, aunque fuera princesa, y que de todas maneras era princesa, aunque fuera un ser humano.◆

Las princesas también van a la escuela
de Susie Morgenstern, núm. 146 de la colección
A la orilla del viento, se terminó de imprimir en los talleres
de Impresora y Encuadernadora Progreso, S.A. de C.V. (IEPSA),
Calzada San Lorenzo núm. 244; 09830, México, D. F.
durante el mes de junio de 2002.
Tiraje: 10 000 ejemplares.

para los que empiezan a leer

Eres único
de Ludwig Askenazy
ilustraciones de Helme Heine

En este libro se cuenta la historia de un erizo que se rasuró las espinas para complacer a su novia, la gata Silvina; la de un elefante olvidadizo que se hacía nudos en la trompa para recordar; la de un ciervo que prestó su cornamenta para hacer un árbol de Navidad, y las de muchos otros personajes que, como tú, son realmente únicos.

Ludwig Askenazy ha escrito numerosos libros para niños y jóvenes. Actualmente vive en Alemania.

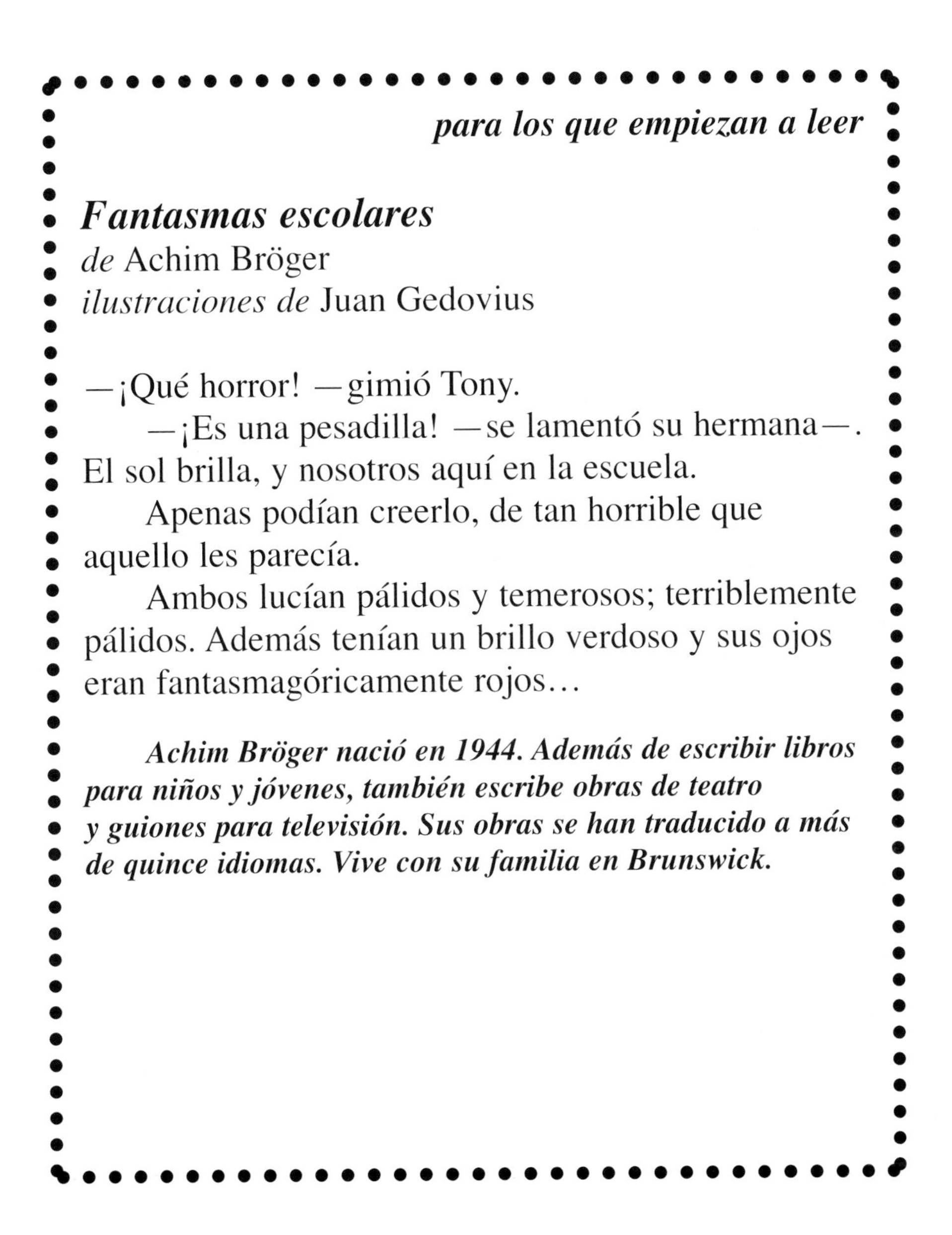

para los que empiezan a leer

Fantasmas escolares
de Achim Bröger
ilustraciones de Juan Gedovius

—¡Qué horror! —gimió Tony.

—¡Es una pesadilla! —se lamentó su hermana—. El sol brilla, y nosotros aquí en la escuela.

Apenas podían creerlo, de tan horrible que aquello les parecía.

Ambos lucían pálidos y temerosos; terriblemente pálidos. Además tenían un brillo verdoso y sus ojos eran fantasmagóricamente rojos…

Achim Bröger nació en 1944. Además de escribir libros para niños y jóvenes, también escribe obras de teatro y guiones para televisión. Sus obras se han traducido a más de quince idiomas. Vive con su familia en Brunswick.

para los que empiezan a leer

La historia de Sputnik y David

de Emilio Carballido
ilustraciones de María Figueroa

—¿Sputnik? —Fue entonces cuando el maestro lo vio, avanzando aprisa hacia él, dando colazos coléricos.

—Vamos a ver quién diseca a quién —murmuraba entre sus muchísimos dientes.

El maestro se subió al escritorio.

—Si te lo llevas, te pongo diez y en examen final —propuso.

Sputnik daba colazos que hacían cimbrar la tarima y el escritorio.

—Si no les hace nada a los otros animales y les pone diez a mis cuates, me lo llevo —contraofreció David.

—¡Todos tienen diez, ya váyanse! —gritó el profesor.

Emilio Carballido es uno de los más importantes dramaturgos latinoamericanos contemporáneos. También es novelista y autor de varios libros para niños.

para los que empiezan a leer

Loros en emergencias

de Emilio Carballido
ilustraciones de María Figueroa

El aeropuerto lanzó su amistoso tubo hacia el costado del avión. La portezuela tardó un poco en abrirse. Adentro daban instrucciones en tres idiomas:

—Rogamos a los pasajeros que pemanezcan en sus lugares hasta que la nave esté inmóvil. Manténgase en su asiento y dejen salir en primer término a loros, guacamayas y periquitos.

"¿Y yo qué?", pensaba el pájaro carpintero. Nadie lo había advertido y él era, de algún modo, el responsable de la situación.

Emilio Carballido, dramaturgo, novelista y cuentista, es una de las figuras más vitales de la literatura mexicana contemporánea.

Harris County Public Library
Houston, Texas

para los que empiezan a leer

El invisible director de orquesta

de Beatriz Doumerc
ilustraciones de Ayax y Mariana Barnes

El invisible director de orquesta estira sus piernas y extiende sus brazos; abre y cierra las manos, las agita suavemente como si fueran alas... Y ahora, sólo falta elegir una batuta apropiada. A ver, a ver... ¡Una vara de sauce llorón, liviana, flexible y perfumada! El director la prueba, golpea levemente su atril minúsculo y transparente... ¡Y comienza el concierto!

Beatriz Doumerc nació en Uruguay. Ha publicado tanto en España como en América Latina más de treinta títulos. En la actualidad reside en España.